노을 싣고 가는 자전거

유영서 제5시집

시음사
시사랑음악사랑

시인의 말

서녘 하늘에
노을빛 곱다

자전거에
노을 싣고 가는 나그네

저무는 풍경 위에
떠가는 구름 한 점

회한 같은 땀방울 훔치며
연신 페달을 밟는다

2024. 8월에
시인 유영서

제목 : 비우고 지우고 하다가
시낭송 : 박영애

제목 : 오월 뜨락
시낭송 : 박영애

제목 : 달팽이
시낭송 : 박영애

제목 : 사월의 그림
시낭송 : 박영애

제목 : 목련꽃 피던 날
시낭송 : 박영애

제목 : 우정
시낭송 : 박영애

제목 : 꽃 처방
시낭송 : 박영애

제목 : 홍시
시낭송 : 박영애

제목 : 밤비
시낭송 : 박영애

제목 : 가을의 이정표
시낭송 : 박영애

본문 시낭송 모음

시인은 자연을 이야기하고 시낭송가는 자연을 품었다
글자는 날개를 달아 언어로 날고 소리는 자연에 눕는다

2부 나의 시는 똥이었다

4부 점 하나 찍고

1부 검색의 시간

내가

나를 본다

오월 추억

오월 뜨락에
난초꽃 피었길래

사진관에 들러
명함 사진 한 장 찍고

추억 속 그 사람에게
세월 가니
나도 이렇게 변했다고

떡하니
사진 한 장
걸어 두고 왔다

개망초꽃의 추억

할머니 세 분이
개망초꽃을 바라보며
조용히 웃고 계신다

어릴 적
소꿉놀이할 적에
저 꽃으로
계란프라이 부치며
즐겁게 놀았는데

백발이 하얀 세 분이
소녀가 되어
깔깔거리며 웃는다

이웃집 철수가
그리웠을까

칠월 삼십 날 밤

한 줄기
비 뿌리고 갔다

후끈 달아오른 열기가
쉰내처럼 떠도는 밤이다

테라스에 앉아
그리운 사람 떠올리며
달빛 찰랑거리는 와인 잔에

오늘 밤은
외로운 별과 함께
와인 한잔
달곰하게 마시고 싶다

고운 자리

만나면
웃음부터 나오는 친구

되돌아오는데
왜 이리 눈에 선하지

고마워라
꽉 잡은 손

잊을 수 없는
고운 목소리

햇살 뜨거운 어느 날
카페에 남긴 훈훈한 그림자

비우고 지우고 하다가

마음 하나 꺼내어
산으로 옮겼더니
산처럼 조용히 앉아
고요해지더라

또 마음 하나 꺼내어
강물로 옮겨 흘려보냈더니
바다 같은 깊은 마음 되더라

또 마음 하나 꺼내어
들녘에 옮겨 심었더니
열매 익어 넉넉한 마음 되더라

마음 하나 또 꺼내어
하늘로 옮겼더니
끝 간 데 모르는 넓은 마음 되더라

또 마음 하나 꺼내어
꽃밭으로 옮겼더니
사시사철 꽃피워
향기로운 마음 되더라

아 이제야 알겠네
아우성치고 답답해하던 것들을 꺼내어
각자 제 갈 길로 보내 주었더니
착하고 온순해지더라

제목 : 비우고 지우고 하다가
시낭송 : 박영애
스마트폰으로 QR 코드를 스캔하면
시낭송을 감상할 수 있습니다

13

가을 교향곡

천상의 음계엔
음표가 없다

고요 속에 머물던 햇살이
비파를 뜯고 있다

고요로 듣고
고요로 느끼는 중이다

오버랩된 바람이
선율 하나 그려놓고 갔다

팔월의 크리스마스

푸른 날의 청춘처럼
단풍 몇 잎
곱게 물들어 매달려 있다

책갈피 속 추억을 불러
저리 곱게 매달려 있다

그리운 사람을 핑계로
가을을 반쯤 열어 보이며
가슴앓이하고 있다

붕어섬에서 구름을 낚다

구름이 가다가
호반 위에 내려와 앉는다

수면 위에
내려앉은 구름이 장관이다

쉬어가는 나그네
구름을 낚으려 황급히
낚싯대를 펼친다

바늘엔 미끼가 없다

미동도 않는 찌
힘껏 낚아챘더니
달려 나온 구름이
애써 웃으며 공이란다

공이란 대어를 낚았으니
오늘 밤은
별들과 함께 앉아
구름 한 상 차려 놓고
건배를 들어야겠다

손길

잡은 손이
따뜻합니다

어둡고 험난한 길도
함께 하면 길이 보입니다

나는 당신의 길을
안내하는 달빛이자
길잡이가 되고 싶습니다

어둡고 험난한 길
혼자 걸으면
두려움만 깊어지기 때문입니다

우리 위로하며
함께 걸어갑시다

태양

맑은 날엔
따뜻했지

흐린 날
햇살 한 줌 그리워지는

잠시 구름이
햇살을 가린 거야

너의 희망
그리고 행복

꽃 같은 사람

탈탈 털려도
좋았다

헤어져서도
좋았다

감자꽃

어머니가
흰 수건을 머리에 두른 채
밭 둔덕에 앉아 계신다

갓 쪄낸
포슬포슬한
감자 한 소쿠리에
목이 맨다

바코드

늘 그 자리
말없이
서 있는 나무

가을도 아닌데
스르르
낙엽이 진다

너무 고와서
사진 한 컷

물끄러미 바라보니
살아온 날들이
훤히 들여다보입니다

접시꽃 상차림

잔소리 들으며
자꾸 살다 보니
입맛이 없다는 당신을 위해
시 밥 맛있게 지어
올여름 유난히 붉은
접시꽃에
푸성귀 뚝뚝 따다가
소박하니 한 상 차렸습니다
이 양반 철들었나?
이런 이야기는 하지 마시고요
소박하지만 그냥
맛나게 드시면 됩니다
어라 그런데 왜 이리
어색하고 웃음만 나지

비 내리는 거기

가 보고 싶다
거기

거세게 퍼붓는
빗줄기

다시 가면
아플 거 같아서

꽃잎만 때리는
빗줄기

괜한 걱정

한동안
전화벨이 울리지 않는다

무소식이
희소식이라고 한다지만

왜 이리
걱정되지

아플까
행복할까

그 친구 지금
해외여행 중이다

오월 교향곡

고요의 아침
이보다 더 신명나는 노래가 있을까

오월 푸르름 뚝뚝 뜯으며
뻐꾸기 운다

나는
숲길을 거닐며
고요를 듣고 있다

오늘

구름
비
맑음

까부는
내 마음이 그랬다

오월 소묘

연둣빛 푸르름에

추억처럼 아름다운 단풍

홀로 걷는 풍경 속에

그리운 사람 얼굴만 없네

수련

목례하듯

물끄러미

되돌아오는

미소가 깊다

장미 정원

연인끼리
몸 기대고
다정하게 앉아 있다

소곤소곤
이야기 나누며 웃는 모습이
장미처럼 예쁘다

툭툭
옆구리 간질이며
지나가는 바람

콩닥콩닥
오월 햇살이
뜨겁다

얌체

엉덩이 들이밀고
슬쩍
가운데 끼어 앉았다

주위에 시선이
따갑길래

미안하다는
말 대신

살며시 눈 감고
멋쩍게
웃고 말았다

상사(想思)

왜 그리 고운 거니

하얀 미소
그대 눈동자에 꽂히고
반해버렸다

나는 지금
아무 말 없이

잔바람에도 흔들리며
몇 시간째
나비 되어 빙빙
네 주위를 돌고 있다

일개미

개미가
제 몸보다 몇 배나 큰
짐을 끌며 가고 있다

끌고 가는 모습이
아버지의 모습을 닮았다

삶의 질이 걸린 문제라고
늘 웃으시며
말씀하시던 아버지

오늘도 쟁기질로
땀 뻘뻘 흘리며
오월 들판을 갈고 있다

오월 뜨락

연녹색 푸른빛이
초록을 더 하는 오월

햇살 일렁이는 곳마다
고요를 흔들며
장미가 피고 있다

어찌나 눈부신지
가만가만 다가가
사진 한 컷
요염한 눈빛에
요동치는 그리움 하나

스무 살 푸른 청춘
잊지 못한 그녀의 모습인가

발그레한 볼
붉은 입술
오월 뜨락에 향기 진동한다

제목 : 오월 뜨락
시낭송 : 박영애
스마트폰으로 QR 코드를 스캔
시낭송을 감상할 수 있습니다

30

달팽이

가도 가도
힘든 길이라 했다

다른 미물들은
순식간에
잘도 기어오르는데

거푸집 등에 메고
나무에 오르는 데
한나절이 걸렸다

느리다고
눈치 볼 거 뭐 있나

힘들면
쉬어가라 하는
책 속의 한 줄

어차피 정해진 길

세상에서
가장 위대한
당신의 길이다

제목 : 달팽이
시낭송 : 박영애
스마트폰으로 QR 코드를 스캔하면
시낭송을 감상할 수 있습니다

봄날도 간다

이유 없이
꽃이 지고 있다

붙잡고 싶어도
뿌리치고 가버린다

꿈결 같은 시간 보내고

꽃등 피운
사월이 간다

사월의 그림

하늘 타고 노는
하얀 구름 하나
푸른 들판이 좋아라

책보 어깨에 둘러메고
이십 리 길
내달리던 소년

청보리 꺾어
손으로 비벼 입에 털어 넣으며
학교 갔다 돌아온 길

허기진 얼굴 쓰다듬으며
조롱박에 물 한 바가지
쑥개떡 손에 쥐여주시던
어머니

푸르름 짙어가는 사월 가는 날
이밥 꽃 휘날리는 나무 아래서
유년의 봄을 줍는다

제목 : 사월의 그림
시낭송 : 박영애
스마트폰으로 QR 코드를 스캔하면
시낭송을 감상할 수 있습니다

33

여백의 꽃

필 때도 하얀 마음
질 때도 하얀 마음

살아가는 동안
내가 닮고 싶은 꽃

평생을 두고
나에게 당부하고 싶은 말

우수

주술 풀듯
봄비 내린다

삼신할미가
희뿌연 비안개로
앉아 있다

촉촉이 젖은 대지가
산고를 치르고 있다

사월 십구일

그림자 드리워진
하늘가

바람 불고
비가 오려나

그날의 기억처럼

고요한 연못에
푸른 무대 꾸며 놓고
청개구리 운다

사월의 배경

어머니와 딸이
다정하게 손잡고 꽃길을 걷는다

한쪽에서는
딸의 얼굴처럼 꽃이 피고

한쪽에선
어머니 발자국처럼 꽃이 지고 있다

나란히 걷고 있는 배경 너머로
예쁜 꽃잎이 나비처럼 날고 있다

목련꽃 피던 날

고요 속에
하얀 문장 하나
피어오르고 있다

꽃봉오리 터트린
하얀 감성이
에덴동산의
하와처럼 눈부시다

하늘빛 푸르고

오늘은 내가
너의 마음속에 들어앉아
에덴동산의
아담이 되기로 하였다

제목 : 목련꽃 피던 날
시낭송 : 박영애
스마트폰으로 QR 코드를 스캔하면
시낭송을 감상할 수 있습니다

2부 나의 시는 똥이었다

차마

개똥밭에도 들지 못하는

나의 시는 똥이었다

소화 잘 시킨 똥은
황금색에
향기까지 난다는데

식탐은 많아
이것저것
잘도 처먹어 놓고는

소화도 못 시켜
방귀만 뿡뿡
구린내만 풍기는

개똥밭에도 들지 못하는
나의 시는 똥이었다

까치꽃

까치걸음으로
아장아장
봄 소풍 나왔습니다

맑은 음자리표
올망졸망
까치꽃이 피었습니다

순찰하는 바람이
예쁜 얼굴 만지고
모퉁이 돌아갑니다

연둣빛 짙어가는
담벼락 밑에도
풍경 하나 채워지고 있습니다

우정

기별도 없이
어느 날 불쑥 찾아와
웃음 한 보따리 풀어놓고
따뜻한 손으로
차가운 손 덥석 잡아주고 돌아가는
오십 년 지기 친구가 있다

팍팍한 세상
건강은 어떠냐
삶은 어렵지 않으냐
지내기는 괜찮은 거냐
안부 물으며
속내 물어보는 친구

무관심 속에
관심 두고 찾아주니
굶주린 마음이 넉넉해지며
행복이 배가 되는 친구

그렇다
우정도 사랑도
그렇게 움직이는 거다
손잡아 주는 거다

비로소 기억되는 것이다

41

제목 : 우정
시낭송 : 박영애
스마트폰으로 QR 코드를 스캔하면
시낭송을 감상할 수 있습니다

홍매 아씨

달밤에
이슬방울 한 줌 찍어
화장도 하고요

연분홍
치마저고리
고운 옷 입고

변덕쟁이를 사랑해서
밤 기차 타고
남녘에서
올라온 홍매랍니다

덩그렁 그리움 하나

보고 싶은 마음
길어지면
시름만 깊어진다는데

견우직녀 별이
그런 마음일까

해마다 피던 꽃인데
작년도 올해도
꽃피우지 않더라

휑한 숲 바라보며
꽃 명찰만
덩그러니 앉아 있다

춘분쯤에

점
점
점
깊어지는 봄

나뭇가지며
지축을 흔드는 바람

고요한 문장이
산에 들에 꽃피우고 있다

꽃피우면
피울수록
아름다움도 깊어지겠다

봄볕이 예쁜 날

초록 마음 한가득
배낭 메고 어디쯤

첫사랑처럼
곱게 핀 야생화 만나러

황톳길
외진 들길을

지난날
추억 데리고

나비 되어 훨훨
떠나볼까 합니다

내가 나에게

힘든 겨울 보내느라
많이 힘들었지

참고 견디느라
고생했다

얼마 남지 않은 생
앞만 보고 푸른 길만 가자

가다가 힘들면
잠시 내려놓고

봄처럼 앉아서
꽃 소반 차려놓고
껄껄 걸 웃으면 되지

삼월의 대화방

창을 열면
고운 바람

테라스에 앉아
따뜻한 햇살과
다정히 앉아서 졸면

봄 처녀 신음하는 소리

꽃분홍 연두 길
핑크빛 축제를 연다

봄 길

개구리
사랑놀이에
소란스러운 호숫가

봄비에 몸단장한
둔덕에 핀 야생화

봄의
따스한 입김으로

우연의
연분 만나러
둑길을 더듬습니다

경칩에

포근하기에
호숫가에 앉아
눈을 감았습니다

마음은
호수처럼 고요했고

하늘과 연결된
푸른 길

봄 처녀
깔깔거리는 동산

금빛 햇살 속으로
누군가를 만나러 갑니다

이상한 낚시

날 풀린 김에
낚시터에 앉아 있다

미동도 없이
몇 시간째 감감무소식

잠시 일어나 마음 추스르는데
갑자기 휙
쏜살같이
낚싯대 끌고 가는 물고기

허허 이걸 어쩌나
낚싯대 바라보며 발만 동동

용왕님께 고해바치려나

이참에 내 욕심 쓴 뿌리
다 물고 가려무나

이월 말미에

샛강에
물 흐르는 소리
봄빛 풀어놓은
들길을 걷는다

세 불리는
잡풀들 사이
잽싸게 자리 잡은
아기 꽃도 피어 있고

길가는 나그네
구름 걷힌 하늘 보며
마음 달래는데

거뭇하게
멀리 보이는 산이
봄바람에
술렁거리고 있다

약속

손가락 걸어도
연인들은
잘들 헤어집니다만

꽃들은
손가락 걸지 않아도
약속을 지킵니다

작년에
예쁘다 예쁘다 하고
지나쳐 왔던 그 자리

손가락 건 약속처럼
꽃대 하나
봉긋이 솟았습니다

너는 봄이다

하늘 가슴
문지르며
구름이 흐르고 있다

어린아이 웃음처럼
햇살 깔깔거리며
쏟아져 내리고

꿈결에
불러 본 이름인가

시 한 편
펼쳐 놓은 뜨락에
꽃 한 송이 피어오르고 있다

아!

토해내는 숨결이
가쁘다

구부정한 몸으로
손수레에
파지를 잔뜩 싣고
가시는 어르신

바로
저 모습이
내 아버지 어머니다

꽃 처방

수술한 아내가 우울하다 하길래
피지도 않은 개나리 꺾어다
화병에 꽂아 놓았지요

내 마음 통했는지
허허 요 예쁜 놈
닷새 만에 꽃망울 터트리던걸요

거실도 거실이지만
우울했던 아내의 얼굴이
활짝 핀 개나리꽃처럼
스무 살 각시로 환해졌지 뭐예요

평소에도 꽃을 좋아했던 아내
오십 년 함께한 세월
명약이 따로 없던걸요

개나리꽃처럼 화사한 봄
스무 살 각시처럼 매일매일
환한 얼굴로 살면 좋겠네요
웃으며 살면 좋겠네요

제목 : 꽃 처방
시낭송 : 박영애
스마트폰으로 QR 코드를 스캔하면
시낭송을 감상할 수 있습니다

55

봄의 찬양

당신
참 멋있어

최고야

이 말 한마디에
움츠렸던 마음이

허리 쪽 펴고

푸르게
일어서고 있다는 것이다

스위치

남녘엔
홍매 아씨 오셨다는데

고요했던 마음이
사랑을 불러내고 있다

무슨 말을
전하고 싶은 걸까

시인의 마음에
스위치가 켜지고 있다

퍼 버벅
붉은 불꽃이 튀고 있다

봄바람 불기에

가난한 시인이
들녘을 거닐며 봄을 줍고 있다

파릇파릇
갓 올라온 어린 것들이
시샘 바람에
바르르 떨고 있다

시인은 흥얼거리며
마음 밭에 시를 쓰고

냉이랑
쑥
꽃다지 씀바귀...

햇살로 엮은 망태기에
상긋한 봄이 가득하다

그 사람 참

지나간
어느 날을
물끄러미 바라본다

감추고
살았던 속내가
배경이 되고

달빛
풀어 놓은 창가에
꽃 한 송이 피었다

정치판 기사 같은 날

아침나절
눈비가 만나
진흙탕 싸움질하더니

싸움질 끝난
땅뙈기마다
물비린내 풍기고 있다

봄은 오려나

분탕질한 하늘이
언제 그랬냐는 듯
쨍쨍하니 걷히고 있다

입춘

화단에
꽃씨 뿌려 놓고

걸어 잠근 가슴
자물쇠 풀어 놓고
기다리자

먼 길 갔다
서둘러 오는 임에게

촉촉한
봄비 한 잔
따라 주고 싶다

세월 한 토막

왜
그런 날 있지요

잊어버리며 살았는데
불현듯 떠오르는 생각

흐려진 세월이
뭐라고

첫날엔
짝사랑 같은
그림을 그립니다

일월의 끝자락

공원 한 귀퉁이
장의자에 앉아
햇살 끌어당기며
가만히 앉아 본다

칼칼한 바람
가다가 멈칫
나를 보며 웃는다

쓸쓸한 언덕에
팔랑개비 돌리는 인생
가는 세월 어쩌랴

하늘빛 고운데
새처럼 훨훨
어디쯤 날아가
외로움 삭이고 싶다

고요의 외침

햇살이
금줄을 치고 있다

0000
산부인과 병동

가랑잎 헤치고
어린 것들이
조막손 내밀고 있다

차오른 고요가
순산하는 중이다

1월의 고독한 무대

텅 빈 무대 위에
따뜻한 햇살이 놀다 갔다

사이사이
눈도 오고 비도 오고

어느 바람에
봄이 들어 있는지
알 순 없지만

간판 내걸고
배우 모집 중이다

대화

오전에는
눈

오후에는
비

만났다 헤어지는
연인들의 속삭임처럼
눈비 내린다

3부 노을 싣고 가는 자전거

쉬어가는 정거장에

밀물 같은 그리움

노을 싣고 가는 자전거

노을 한 점 싣고
자전거 타고 노는 구름아

쉬어가는
정거장에
밀물 같은 그리움

풍경 속에
발 담그고
잠시 나를 되돌아본다

일월의 수채화

퇴적된
잎새 위에
봄을 그려 넣는다

꽃이 피고
나비 날듯 꿈결이 인다

모과

두루뭉술 못생겼지
손가락질하면 어때요

올겨울
성격 좋은
모과나무가 건네준
차 한 잔에
쓴 입안이 향긋하다

찻집에서

봄비처럼 조용히
말을 건네온 사람이 있습니다

바라보며 듣는 순간
내 가슴에
조용히 봄비가 내립니다

기억하는 건
분명
주고받은 인사뿐이었는데

돌아오는 길
그 목소리
그 얼굴 생각이 나
안개꽃 한 다발 사 들고 왔습니다

시인의 봄

코끝이 알싸하다
재채기 두어 번 하였더니
고뿔도 사라졌다

얼음장 녹이며
흐르는 봄
버들개지 눈 틔웠구나

신장개업
간판 걸어 놓고

연분홍 겉저고리
연둣빛 치마 걸어놓고

봄 새색시
꽃가마 타고 오시는 길

마당 잘 쓸어놓고
기다리기로 하자

노루귀꽃

눈 덮인 산속에
노루귀꽃 피었는데

나보다
먼저
다녀간 이가 있네

무슨 이야기
정겹게 나누다 갔을까

첩첩산중에
선명하게 찍힌
노루 발자국

때론

스케치하듯
차창 밖
겨울 풍경이 지나간다

기차 타고
혼자 떠나는 여행길은
언제나 즐겁다

스치듯 만나는
인연이 생기면
더욱 좋을 것이고

혼자이면 어떠랴

그림 같은 삶을
겨울 들판에 그려 넣으며
어디쯤 간다

늙은 미루나무

고향길 들판에
황소처럼
일만 하다간
마지막 숨결이 있다

누군가의 생애를
빠짐없이 지켜본
늙은 미루나무가
장승처럼 서 있다

1월 셋째 날

봄날 같은 기억이
벌써 오는 건 아닐 테고

수채화 속
다정한 연인처럼

곰살갑게
겨울비 내린다

일월의 밥상

공원 한 귀퉁이
밀차 끌며
양지 찾아다니시는
노인분들

족히 팔십은 넘으셨겠고
소일거리도 없고
이야기 벗이라야
다 그렇고 그런 분들

전후 사정이야 물어보면
눈물 날 거 같고

저분들을 위하여
일월 한 달 만이라도
햇살 몽땅 빌려
시밥 맛있게 지어
따뜻한 밥상 푸짐하게
차려 드리고 싶다

기도하는 마음으로
일월의 밥상에
햇살 오래도록 머물러 있기를

꽃과 나

외출했다 돌아온 오후
커피믹스 한잔 마시며
창가에 걸터앉아
꽃들과 시시덕거리는
햇살을 바라보다
문득 그런 생각이 들었다

삼백예순 닷새를
설렘으로 살면 좋으련만
향기로 살면 좋으련만
중요한 건 내가
아직도 내 감성이
책갈피에 끼워둔
마른 꽃을 바라보며
부끄럼을 타고 있다는 것이다
향기에 취해 있다는 것이다

해맞이

푸른 물결

끝없이 펼쳐진
웅장한 바다

지평선 끝자락

새해 첫날에
태양을 터트리는
바다가 되고 싶어
동해로 간다

눈사람

마음속에
담아 두고만 있자니
미안하기에

마음속
그 사람 꺼내어
눈사람 하나 만들었지요

지나가는 사람들
바라보며 한 마디씩

예쁘다
예쁘다

첫사랑 설렘 같은
눈이 옵니다

유랑의 12월

지우고 가려니
눈물 나더라

계묘년 12월도
그렇게 가는구나

궂은일도 많았지만
좋은 일도 많았다

대지는
멋진 봄을 잉태하기 위하여
벌거숭이가 된다는데

가슴에 묻어두었던 것들
몽땅 지우고 가자

유랑의 12월이
길목을 돌아가고 있다

까치집 단상

둥지 떠난
까치집에 바람만 불고

도란도란 웃음꽃 피우며
행복으로 살던
까치 가족들은 어디로 갔을까

이 엄동설한에
재개발 소식에 달세로 허덕인
어디론가 떠난
빈민촌 사람들이 떠올랐다

십이월의 캠퍼스

텅 빈 캠퍼스 위에
비바람 불고

비바람 그치고
노을 지면
그리움 짙어진다는데

스쳐 간 인연
챙기지 못한 손길
헤아릴 수 없이 많은데

삭아든 갈대숲에
새 한 마리
고독처럼 앉았다 날아간다

겨울나무

내 안에 머물면
번뇌라

알몸으로
고하며
가지런히 서 있구나

다 내려놓고
떠난들
무슨 미련 있겠습니까

십이월의 여행은
홀가분합니다

아내의 병상

사십여 년 동안
내 병마를 지켜준 아내

아내가
수술하였다

그것도 늘
나를 위해
받치고 서 있던 허리를

죄스럽고 미안한 마음에
그 상처 아물 때까지
묘약이 되고 싶었다

익숙하지 않지만
사랑한다는 말 한마디
꼭 해 주고 싶었다

홍시

한밤중 개 짖는 소리
아버지는 마실 가시고
문풍지 우는 윗목에 앉아
깜빡거리는 등잔불 밝히며
따뜻한 손길로
섬섬옥수 달빛을 풀어
바느질하시던 어머니

조잘거리며 응석 부리던 아들에게
다 지으셨다며
검정 솜바지에 무명 흰 솜
겉저고리 입히시고
따뜻할 거라 하시며 흐뭇하게
웃으시던 어머니

그날
밤참으로 주신 홍시가
왜 그리 달곰하고, 꿀맛이던지
바람의 간섭이 심하게 부는 오늘 밤
고향 집 장독대 위 소쿠리엔
어머니가 챙겨주신
말랑말랑한 홍시 그대로 있을까?

제목 : 홍시
시낭송 : 박영애
스마트폰으로 QR 코드를 스
시낭송을 감상할 수 있습니다

십일월의 영화처럼

십일월 어느 날
삭이지 못 한
그리움 하나

비바람에
후드득

시인이
사랑하지 못 한
푸른 잎들이
쓸쓸히 지고 있다

문장 하나
흐느적거리며
울고 있다

거리엔
아직도 비가 내린다

시인의 가을

길목 지키던
국화까지 시드는구나

잘 가거라

너 때문에
많이 아팠다

이제
잠이나 좀 푹 자야겠다

춘삼월
꽃바람 불 때까지

그런 날

왜
그런 날 있지요

하늘빛 맑고
햇살 눈부신데

갑자기
바람 불고 구름 일더니

거짓말처럼
눈비가 옵니다

이쪽도 저쪽도 아닌 마음이
그렇습니다

겨울밤

살얼음 동동 뜬
동치미 국물에

시린 달빛을
말아먹고 있다
저기 저 긴긴밤이

가을의 이별

십일월의 다리 위에
비가 내린다

비 맞은 낙엽 밟으며
함께 걸었다

말없이

노숙자

딱 고만큼
햇살 한 줌 그리웠다

지하철
역사 모퉁이 한편에
벽을 베개 삼아
누워 있는 어두운 그림자

덮고 잠들은 신문에
흉흉한 기사만
무성하게 떠돌고 있다

첫눈

잠시
잠깐이지만

하얀 추억 속
희미한 기억처럼

한 두어 시간
가슴 뛰게 하다가

영화 속 한 장면처럼
이내 녹아 버리고 마는

첫눈은 그랬다

꽃씨

손 털고 가는
가을이
꽃씨 하나 주고 갔다

나는
허허로운 들판
꽃씨는
눈부시게 일어서는 봄

올겨울
가난한 내 마음에도
훈훈한 봄바람 일겠다

연안 부두

연락선은
떠나가고

전어회 한 접시에
소주잔 기울이다

불현듯 밥 한번 먹자는
그 사람 생각이 났다

뱃고동 울리며
돌아오는 연락선처럼

부치지 못한 편지

꽃바람 불면
날아가
소식 전해주려나

봄부터 써놓고
부치지 못한 편지가
나뭇가지에
붉게 매달려 있다

인연이 닿으면
언젠가
꼭 만날 거라는
그 사람

입동

오늘 지나면
입동

홍매화 몸뚱이
벌겋게 달아오른 게
엊그제 같은데

앙상한 나뭇가지에
누런 잎새만
달랑 몇 잎

어라
가을 가네

잠시 들른 햇살을
봄인 양
가만히 안아본다

밤비

허스키한
바람 소리 선율처럼
비는 내리고

막차 타고
떠나는 여행처럼
빗소리에
몽땅 빼앗긴 밤

그리운 사람
찾아가는 나그네처럼
어디쯤 서성이는데

낮에 눈여겨보아 두었던
국화꽃
그 여린 꽃잎 위에도
빗물 그렁하니 고여 있겠지

제목 : 밤비
시낭송 : 박영애
스마트폰으로 QR 코드를 스캔하면
시낭송을 감상할 수 있습니다

만추

누가
이 소풍 길 만들었나

저 눈물비
한 번 더 쏟아부으면
고운 잎 다 지겠다

모퉁이

휙 하고 돌면
그리운 사람
기다리고 있을까

갑자기
뛰쳐나올 것만 같은
오롯한 그리움

가을에 온 편지

봄에 띄운 꽃 편지가
붉은 엽서로
답장이 왔습니다

소식 몰라
마음 졸였는데

써 내려간 사연마다
너무 붉어서
눈시울 뜨거워집니다

시월 번뇌

나뭇가지
두들기며
목탁 치는 바람

붉은 번뇌
내던지고
미련 없이 가는구나!

시월 가는
뜨락에
낙엽만 우수수

4부 점 하나 찍고

스며 오는 것

점 하나 찍고

십일월의 소망

낙엽 뒹구는 골목이
쓸쓸하다
곧 겨울 오겠지

십일월 속에서
작대기 두 개 빼다가
지게 하나 만들어야겠다

사랑의 지게
내 비록 가진 거 없지만
사랑 한 짐 듬뿍 짊어지고
이 마음 저 마음 찾아다니며
부대끼며 살아가는 마음 밭에
사랑 날라주는 짐꾼이 되고 싶다
십일월엔

시월이란 이름으로

단풍 물들면
입가에
빙그레하고 떠오르는 그 사람

휙 하고
스쳐 가는 바람도
그 사람 목소리 같아

단풍 고운 길
그리운 얼굴 떠올리며 걷다가

고운 잎 긁어모아
사랑의 모닥불 피우고 싶다

황혼 길

강가에
배 띄워 놓고

남은 길
다시 노 저으면 되지 뭐

이 가을
저 고운 빛으로 물들다가

서녘 하늘 붉은 노을로
활활 태우고 싶다

시월 국화

저 마음
뉘의 마음인가?

시월 가슴에
그대 눈망울로 피었구나

사랑 병을
지독히도 앓는구나

시월 가기 전
사랑한다는 말 전해주러
국화 마을에 꼭 다녀와야겠다

큰 울림

삼라만상의 이치를
내 어찌 알겠는가

합장하고
옷 벗는다

가을 나무를 바라보며
느끼는 중이다

고요 속에 목불들이
겸손하게 서 있다.

갈잎의 기도

요란스레
핸드폰 벨이 울리고
문득 흐느끼는
친구의 목소리

얼마나 아팠으면

친구의 마음
아는지 모르는지
다급한 떨림처럼
비가 내린다

울먹울먹
어디쯤 비가 내린다

산모퉁이 돌아가는
기적소리처럼
비가 내린다

가을의 이정표

붉게 물들더니
낙엽 진다

덩달아서
내 마음 흔들린다

지난 것은 다
추억의 한 자락일 뿐

빚지고 산 세상
갚을 것 많은데
세월 가니
놓아줄 것뿐이다

길지도 짧지도 않은 생
빚진 만큼 사랑하며 살고 싶다

제목 : 가을의 이정표
시낭송 : 박영애
스마트폰으로 QR 코드를 스캔하면
시낭송을 감상할 수 있습니다

시월 들녘

듬성듬성
나락을 벤 논들이 눈에 들어오고
열 칸을 매단 채
기차가
가을 들판을 지나가고 있습니다
차례차례 수확한
알곡들이 칸마다 실리고
논둑길 억새가
흰머리 휘날리며
비워지는 들판을
흐뭇하게 바라보며
아버지처럼 서 있습니다

가을 빔

젊은 날엔
푸른색이 좋았는데
나이도 가을이 되니
어라
단풍 곱네

이참에
저 고운 잎 따다가
가을 옷 한 벌
지어 입어야겠다

흰머리 휘날리며
붉은 정장 차림의 남자가
석양에 노을길 걸으며
히죽히죽 웃고 있다

낙엽 1

고요 속에
파문이 인다

사락사락
한 생이 지고 있다

역경을 이겨낸 훈장처럼
상처의 골이 깊다

낙엽 2

빛바랜
사진첩 이야기처럼
눈물이 지고 있다

차마
눈 돌릴 수 없어

한 컷
사진으로 담기엔
너무 미안하다

샛길

누군가가 먼저
질러간 길

길이 아닌데
길이 나 있다

길이 아니면
가지 말라 했건만

앞서간 이 따라서
누군가가 또

이 길로 가면은
빠르다 하길래

돌아갈까 하다가
나도 따라 걷는다

소년처럼

푸른 하늘에
둥실 떠가는 구름처럼
가벼운 마음으로
어디쯤 가고 싶다

소년처럼

가다가
코스모스 하늘거리는
들녘에 앉아
풋풋한 그 시절 동무
소녀여 하고 부르며
잘 있었냐는
따뜻한 말 한마디
전해주고 싶다

이 가을에

단풍 1

저 잎 다 물들고 나면
가을 깊어 지겠다

고운 잎 한 장 따
책갈피에 끼워 넣고

초가을 이 저녁
부슬부슬 내리는 비

이 가을 가기 전에
마음에 꽁꽁
매달아 두고 싶다

가을의 기도

이 가을에 나는
높고 깊은
푸른 하늘을 바라보기가
참 미안합니다

일흔두 살 내 나이
살아오는 동안
얼마나 많은 먹장구름으로
저 하늘
분탕질하며 살았을까요

그래서 나는
기도합니다
모든 거 다 내려놓고
하늘 받들고 서 있는 나무처럼
눈물 흘리며 기도합니다

가을 수채화

짧은 인연으로
돌아서 가는 이별을
슬퍼하지 말자

주고받은 이야기
바람결에
뒹구는 낙엽처럼
눈물 나게 아프다

낙엽 위에 써놓은
고운 엽서 위에
내 마음 담겨 있고
그대 마음 담겨 있다

석양빛 노을 속에
이 가을
수채화 한 폭
그대로 간직하고 싶다

시월 매장

사위어가는 나무마다
깊은 숨소리

단풍 드는가 싶더니
낙엽 진다

바람 가는 곳
모르듯

그리움
먼 곳에 있다

가을 엽서

나는 그리움
그대 담을 수 있으려나

가을빛
너무 고와서
단풍나무
숲길을 걸어갑니다

내 마음
눈치챘는지

뒤따라온 바람이
나뭇가지 흔들어
고운 잎 한 장
떨구고 갑니다

해 질 녘 들판에서

무슨 말이
필요하겠니

잠시 후면
되돌아갈 사람

네 마음 아플까 봐

물끄러미
바라만 보았다

가을 하늘

하늘이
구름의 눈물을
닦아 준 거야

눈물 닦아 주니
저리도 말간 구름인걸

세상사
가을 하늘만
같아라

가을날의 왈츠

소극장에서
지금
누군가의 단편 소설이
화자 되고 있다

을씨년스럽게
비는 내리고

이별의
서막인가

빗속을 헤치며
낙엽이
팔랑팔랑
바람과 함께 춤을 추고 있다

단풍 2

책갈피 속에서
뛰쳐나온 가을이 붉다

그리워서 눈물 나고
사랑해서 예쁘다

단풍나무
숲 우거진 길을

사랑하는 사람과 내가
젊은 날을 걷고 있다

가을 잔영

한껏 푸르더니
이내 단풍 듭니다

가는 세월만큼
나잇살도 물드는 거지요

비바람 견디고
옷 벗을 채비하는

떡갈나무 밑에
앉아 있다
얼른 자리를 뜨고
말았습니다

가을비

바람도
비도
음악처럼
흐르는 거리

우산
함께 쓰고 걸어가는
다정한 연인처럼
비가 내린다

젊은 날의 초상처럼
뒷걸음치는 사랑에도
부슬부슬
가을비 내린다

붉은 고추

들녘에 나가
붉게 익은 가을을
뚝뚝 따
가지고 왔다

시장기도 돌고 하여
보리밥 한 사발
찬물에 물 말아
고추장 찍어 아삭아삭
가을을 씹어 먹었다

갈잎이 쓴 시

구월이
갈잎에 낱말 하나 주고 갔습니다

갈잎이 풀어쓴 낱말이
저리 곱고 아픈 줄 몰랐습니다

시인은
공손하게 받아 들고

읊조리는 내내
가슴이 메어 눈물 흘립니다

팔월 끝날에

팔월이
마지막 진저리를 치고 있다

뜨겁게 달군 자리마다
화상이 깊다

하늘빛 푸르러지고
상처 어루만지며

그리운 사람처럼
구월이 오고 있다

팔월 밭에선 지금

여름이
사방치기 놀이하다가
깨금발 뛰고 갔다

독이 오른 고추들
햇살 끌어당겨
몸 붉히는 중이다

고랑 속 고구마는
주먹만하게 굵어지고

여름이 지나간 자리
확실하게 세 확장한
고구마 넝쿨로 메우고 있다

쉿 비밀이에요

곱게 물든
단풍잎 한 장
비밀스럽게
숲속에 숨어 있다

우리네 나이처럼
삼분의 일은 푸르고
삼분의 이는 붉다

불현듯
떠오르는 것도 있고 하여
정성스레 주워
집으로 돌아와
책갈피에 끼워 두었다

그날 밤부터 내 서재엔
밤마다 푸른 별이 뜨고
달이 뜨고
다정한 속삭임처럼
조곤조곤 이야기 소리
끊이지 않고 있다

능소화

덥석
잡은 손이 차갑다

순간
그 사람 마음을
읽고 말았다

능소화 핀
담벼락 밑에서

유혹

시침 뚝 떼고

저 입술 훔치면
얼마나 감미로울까

빨간 립스틱
붉게 바른
입술이
비에 젖어 촉촉하다

노을 싣고 가는 자전거

유영서 제5시집

2024년 9월 11일 초판 1쇄
2024년 9월 13일 발행
지 은 이 : 유영서
펴 낸 이 : 김락호
디자인 편집 : 이은희
기 획 : 시사랑음악사랑
연 락 처 : 1899-1341
홈페이지 주소 : www.poemmusic.net
E-Mail : poemarts@hanmail.net

정가 : 10,000원
ISBN : 979-11-6284-548-6

이 책은 한국예술인복지재단의 창작지원금 선정으로 발간한 책입니다.